„sprich nur ein wort,
so wird meine seele gesund"
(Matthäus 8,8)

jo schäfer [hrsg.]
sylka kramer

geschenkte erinnerungen
**wenn du verzweifelt bist
und mutlos**

Bibliografische Information
der Deutschen Nationalbibliothek:
Die Deutsche Nationalbibliothek verzeichnet diese Publikation
in der Deutschen Nationalbibliografie; detaillierte bibliografische
Daten sind im Internet über http://dnb.dnb.de abrufbar.

© 2014

Herausgeber: Jo Schäfer
Umschlagfoto: Beate Wand
Herstellung, Verlag: BoD – Books on Demand, Norderstedt
ISBN: 978-3-7357-6274-0

eingang

es braucht mut   11

wandelgang

weggabel   15
der same   16
fragen   18
zur unzeit   19
in der verwirrung   20
das denken niederlegen   21
die kleinen dinge   22
finsterniskeit   24
licht sei licht   25
hartnäckig traurig   26
lebensboten   27
berge versetzen   28
frieden   29
angst   30
dämonen   31
ernst des lebens   32
willkommene zweifel   33
brillengläser   34
lassen   36
um hilfe bitten   38
gebet   39
lebendig sein   40
vor allem aber   41

not-wendigkeiten   42
tapferkeit   44
aufstehen will ich   46
lasten   48
der strick   50
als der himmel auf die erde kam   52
gegebenheiten   53
gezwitscher   54
feuerqualen   55
gütiger staub   56
ächtung und achtung   57
die rüstung   58
kälte als gast   59
verzeih   60
wüste   62
im schlamm   64
sinnfrage   65
ostergeheimnis   66
grundlosigkeit   67
mitten im moor   68
da kein ort   70
alpträume   71
noch immer   72
vor der tür   73
in aller frühe   74
das und   76
otter und kind   77
befreit   78
vergangen   80
wellen   82

kein haus mehr   83
nichts und so   84
unwissend   85
sichtweite   86
schmerzensboten   87
einzustehen   88
sich einlassen   89
entfaltung   90
kopfüber   91
noch mehr geheimnis   92
bleiben   93
mit den anemonen   94
gelassen   96

ausgang

bin ich frei   99

dank
jörg böhme, stefan kramer
micha landauer, jürgen schäfer
hannelore hubert, david hawkins

gewidmet den namen des lebens, allen achtenden, ächtenden, ängstlichen, aufrüttelnden, befreienden, begehrenden, behutsamen, bekümmerten, berechnenden, bleibenden, beschämten, beschuldigten, betenden, brennenden, dankenden, denkenden, dürstenden, eifernden, einladenden, einstehenden, elenden, ernsten, erschöpften, feinsinnigen, finsteren, fragenden, frechen, frostigen, furchtlosen, geächteten, gefangenen, gefühllosen, getriebenen, gewaltsamen, glaubenden, gleichgültigen, gnadenlosen, haltenden, hassenden, heilenden, heiteren, hellhörigen, hoffenden, hoffnungslosen, hungernden, kämpfenden, kaltblütigen, lachenden, lebendigen, leidenden, leuchtenden, lichten, liebenden, milden, missbrauchten, misstrauenden, mitfühlenden, müden, mutlosen, nachsichtigen, naiven, nüchternen, orientierungslosen, rachevollen, ruhigen, ruhelosen, säenden, schamlosen, schreienden, schwankenden, sehenden, singenden, spottenden, sterbenden, stillen, suchenden, süchtigen, tapferen, tastenden, träumenden, trauernden, trostlosen, unachtsamen, unterdrückenden, urteilenden, verantwortunglosen, verbitterten, verblendeten, vertrauenden, verwirrten, verwundeten, verzagten, verzeihenden, verzweifelten, vorangehenden, wachenden, weinenden, weitsichtigen, zarten, zerstörenden, zittrigen, zweifelnden eingang

es braucht mut

es braucht mut
in den spiegel zu schauen

es braucht mut
diesen augen zu trauen

die fragend mich sehen, wie ich bin

es braucht mut
den herzschlag zu hören

es braucht mut
die gedanken zu stören

die fragend mich quälen, was ich bin

es braucht mut
der stille zu lauschen

es braucht mut
diese rüstung zu tauschen

die fragen verwehrt, wer ich bin

es braucht mut
einmal gar nichts zu buchen

es braucht mut
mich selbst zu besuchen

und zu fragen, nach mir, wo ich bin

es braucht mut
einfach nur ich zu sein

es braucht mut
dieses ich zu befreien

von fragen, die ich gar nicht bin

es braucht mut
eigene schritte zu wagen

es braucht mut
vor dem spiegel zu sagen:

es reicht, dass ich bin, wie ich bin.

wandelgang

weggabel

die gabelung
des weges

weist
den pfad

richtig oder falsch
sagt sie nicht

auch nicht
wohin

auch nicht
wie

sie sagt: dass
es weiter geht.

der same

der same
der vom licht träumt

strengt sich an
ihm entgegen zu wachsen

und eines tages
durchbricht er die kruste

der dunklen erde
und sieht licht

strahlendes himmelsblau
der traum ist wahr

herausgewachsen
aus vergessen und finsternis

ist die freude vollkommen
über den lichten tag

und die dunkelheit der erde
für immer durchbrochen

wenn der same
die erde durchbricht

weiß er noch nicht
was nacht ist

und dass dieselbe dunkelheit
wieder kommt

nach dem hellichten
die schwärze

der alt bekannten
verschlossenen erde

und weiß noch nicht
dass dieses dunkel

weiter atmen kann
im sternenhimmel

und auch nicht
dass nach der nacht

der tag
wieder kommt.

fragen

die neue frage
lockt dich

hinaus
in die wüste

die sterne
zu zählen.

zur unzeit

ungeboren war es licht
und geboren war es finster
im erdenreich

dem der same
entspross zur unzeit

mitten in der nacht
und ohne morgenstrahl
gen himmel wuchs

weil ihm ein stern
freundlich leuchtete

zur unzeit
werde ich geboren
in die finsternis

zur unzeit
spross ich hervor
dem alten stamm

zur unzeit
leuchtet gerade
in mir ein stern.

in der verwirrung

in der verwirrung gibt es nichts
woran zu glauben wäre

da ist nur verwirrung
und sonst nichts

orientierungslosigkeit
achterbahnfahrten

kein lachen, keine freude
nicht einmal tränen

nur schwindel, übelkeit
ohnmacht

und mit dem erbrechen
dieses „ich will nicht mehr"

egal ob es glauben gäbe
und oder gott

in der verwirrung
ist nur verwirrung

und sonst nichts.

das denken niederlegen

das denken
niederlegen am fluss

tausend gedanken
niederlegen

ins gras, am see
am fluss des lebens

der ganz von selbst
kommt und geht

gleichmäßig fließt
auch ohne gedanken

wie blätter im herbst
fallen lassen

die gedanken hinein
in das wasser

das sie fortträgt
mit dem fluss der zeit

kommt alles zur ruhe.

die kleinen dinge

an dem abend
als die sterne heller wurden

und die straßen
milchig vom nebel der stadt

spürte ich das raunen
der dinge auf der haut
der kleinen, nicht der großen

erahnte hinter fenstern
wänden, türen

die wärme der herzen
die nur dort schlug

und das licht drinnen
klarer strahlen ließ
seltsam verrückter als sonst

so führte der weg mich
alleen entlang

die bäume neigten sich
auf liebevolle weise

und flüsterten, immer auf der hut
nichts preis zu geben, nichts
von ihrer weisheit und würde

es schien mir traum und war doch
klarer noch als alles leben

sah gedichte, lieder, psalme
melodien die stadt durchweben

und ein heim mir bauen
ein dach, zu schützen mich
vor sturm und kälte

fand ein zuhause hier
unter den kleinen dingen
nicht den großen.

finsterniskeit

inmitten
tiefster finsternis
hineinverwirrtheit
mit erinnerung an himmel
gleich irrlichtigen
nebelschwaden

braucht es
die gebete aller
gedenken des himmels
hingeneigt den geschöpfen
sie hinauszuziehen
aus wirrer nacht

braucht es
eine warme hand
die sich beruhigend
auf die schulter legt
und in liebe sagt:
ich bin da.

licht sei licht

möge das
abgrundtiefe herz

im todestor

den regenfrieden
erkennen

licht sei licht.

hartnäckig traurig

die zweifel
die hartnäckigen

selbst
die hartnäckigen

zweifel
sind traurig.

lebensboten

die tränen küssen
diese klärenden

lebensboten

die nicht nur die augen
auch das herz reinigen

und sich freuen an ihnen
den wärmenden

lebensboten

welche das licht leben
und das leben lieben

und klären und wärmen
als boten und licht.

berge versetzen

glaube kann
berge versetzen

mögen sie
sein dürfen

wie sie sind
die berge

an ihrem ort
in frieden

wie auch ich
ohne glauben

bleiben darf
wenn sie bleiben

die berge
wo sie sind

als berge
in frieden.

frieden

frieden ist
dass ich sein darf
wie ich bin

ohne dass mich
jemand anders
haben möchte

ohne dass ich
mich anders
haben möchte.

angst

im hindurchgehen
durch die angst

ihre botschaft
begreifen

hier

ist liebe
zu lernen

möglich.

dämonen

ich habe heute
den dämonen
die liebe erklärt

sie haben angst
die dämonen
vor der liebe

also habe ich
der angst
die liebe erklärt

in ihrer angst
haben nun
die dämonen
eine geliebte angst

und haben mehr liebe
als wenn ich heute
den dämonen
die liebe erklärte.

ernst des lebens

das leben
ernst nehmen

und ernster noch
als das leben

den ernst
ernst nehmen

ist die reinste komödie.

willkommene zweifel

verfolgen mich die zweifel
lade ich sie ein

legen sie die beine auf den tisch
lege ich mich darunter

das nennt sich depression
- in die tiefe gehen

verlassen mich die zweifel
winke ich ihnen hinterher

düngen sie den rosengarten
dünke ich sie wachstumsfördernd

das nennt sich melancholie
- aus der sehnsucht leben

verirren sich die zweifel
laufe ich ihnen nach

weisen sie den weg
weiß ich nicht weiter

das nennt sich ironie
und spottet jeder beschreibung.

brillengläser

welche brille hilft mir heute
zur sicht, die ich haben will

die rosarote oder die
mit den getönten gläsern

die, die alles schwarz sieht
oder die mit den scheuklappen

die gestochen extra scharfen
oder die milchig-trüben gläser

die verklärt verwaschenen
oder die blank geputzt klaren

welche brille hilft mir heute
die welt zu beurteilen

die schutzbrille, die sonnenbrille
die taucherbrille, die klobrille

ich habe die wahl
zwischen all den brillen

mich zu entscheiden
wie ich die welt sehen will

und ob ich überhaupt
ein paar gläser dafür brauche

liegt am sehen können
dass eine brille eine brille ist

wenn ich ganz ohne brille
frei bin in der entscheidung.

lassen

loslassen, das alte
zulassen, das neue

loslassen, das morgen
zulassen, das heute

loslassen, das leiden
zulassen, die schmerzen

im sein lassen lernen
sind sie wie zwillinge

das zulassen und loslassen
kaum zu unterscheiden

wann also loslassen
und wann zulassen

was hilft dem weitergehen
dem leben verstehen

wenn loslassen weh tut
hilft das loslassen zu lernen

und wenn zulassen weh tut
hilft das zulassen zu lernen

wie jedes lassen
 zu heilen vermag

im durchgestandenen
hindurchgegangenen

durch alles, was schmerzt
und gelassensein braucht

auf dass mit jedem hindurch
ins licht gewachsene

die freude heraufscheint
am gewachsensein

und durchlebt zu haben
das leben, das gewachsene

zum licht.

um hilfe bitten

menschen, juwelen
engel, erlöste, erwachte

bäume, gräser, raum, zeit
sterne, firmament

bitten, hilfe erbitten
zuflucht suchen

alles bitten
was himmel ist

alles bitten
was grund ist

alles bitten
was grund zum himmel ist

alles gebet
das stärkt, hält

segnet.

gebet

holz hacken
ist wesentlicher
als beten

noch wesentlicher
als holz hacken
und beten:

dass jeder schlag
und jeder scheit
gebet werde.

lebendig sein

wenn ich satt bin
kann ich nicht hungrig sein

wenn ich ängstlich bin
kann ich nicht frei sein

wenn ich taub bin
kann ich nicht traurig sein

wenn ich streng bin
kann ich nicht fröhlich sein

wenn ich misstraue
kann ich nicht mutig sein

wenn ich nicht liebe
kann ich nicht lebendig sein

wenn ich nicht trinke
wenn ich trinke
werde ich verdursten.

vor allem aber

vor allem aber
will ich frei sein

und mit den augen im spiegel
das lächeln sehen im herzen

vor allem aber
will ich still sein

in mir selbst, lauschen
dem einen geheimnis

vor allem aber
will ich arm sein

und stolz, macht, sieg wandeln
in demut und ja zum leben

vor allem aber
will ich offen sein

für jede stürmische brandung
die statt des lächelns

freier noch
aus dem spiegel zu mir spricht.

not-wendigkeiten

manchmal ist es notwendig
überlebensnotwendig

der wut freien lauf
zu lassen

auf einen boxsack
einzudreschen

oder eine matratze
oder die luft

und sie wieder zu spüren:
die lebenskräfte

ohne jemanden zu verletzen
sich nicht und auch nicht den

dem die wut vielleicht
gar nicht einmal gilt

und noch wichtiger ist
diesen lebensfluss

nicht hinauszuzögern
mit fragen

darf das sein? muss das sein?
ist dieser zorn gerechtfertigt?

sondern ohne gedankenknoten
fließen lassen

die energie, die leben
will, lebendig

leben spüren lassen will:
ja, ich bin da.

tapferkeit

aus dem kokon nicht nur
das licht schnuppern

und ein wenig frische der luft
sondern hinauswagen

tapfer, entschlossen
handeln

ja, der wind ist kalt
unbequem, schneidend

und ist der einzige, der wahrhaft
frisch die geister zum leben erweckt

ja, es ist im warmen bett
gemütlicher und faul

und träge zieht das leben
dem ahnungslosen vorüber

der sieg ist nicht in schläfrigkeit
und nicht im träumen zu erringen

das leben zu leben, sich entfalten
zu lassen, ist nur frei möglich

zuallererst braucht es wachheit
und davor und dazu mehr noch mut

dem wind der kälte das gesicht
hinzuhalten, bis zu tränen

und dann, nur dann kann leben
rein gewaschen werden

bis zum grund des herzens
vom schlamm befreit

nur dann ist atmen, freies
tapferkeit und handeln

schläfrigkeit hat noch niemanden
zum leben erweckt.

aufstehen will ich

aufstehen will ich
und mut machen

dir, die du gehst
weil du angst hast
vor dem bleiben

mir, die ich bleibe
weil ich angst habe
vor dem gehen

aufstehen will ich
und mut machen

allen gefangenen
ihrer selbst
gebauten gitterstäbe

rütteln an ihnen
bis sie be-greifen
die gitterillusion

aufstehen will ich
und mut machen

loszulassen
was jeden tag neu
herz-verstecke baut

diese gitterstäbe
festhaltende
angst

aufstehen will ich
und mut machen

zur frage: warum
du nicht bleiben willst
und ich nicht gehen

und vor allem was
am leben hält
dich, mich im leben

aufstehen will ich
und suchen die antwort.

lasten

verantwortungslosigkeit
und ihre lasten loszulassen

ist befreiend
weil es kein gestern gibt

und weil es kein morgen gibt
beängstigend zugleich

schwankend
zwischen freiheit und furcht

zwischen himmel und hölle
ist der himmel weiter

und die freiheit ist größer
und auch die freiheit der angst

so hilft in aller freiheit
der himmel zu furchtlosigkeit

die lasten und schwere
der schulden zu lassen

und auch das festhalten
an verantwortungslosigkeit

weil der himmel selbst
antwort ist in der ver-antwort-ung

mehr noch als höllenfurcht
antwort und verantwortung

bezweifelte, dass lasten lassen
bereits himmelreich ist

und allein dieser gedanke
das tor zur befreiung

genauso wie: jeder erste schritt
auch ein schwankender

ein weg hinaus ist aus höllenqual
fegefeuer und furcht

und nur ein einziger regen
aus furchtlosigkeit

die erde wieder atmen lässt
entlastet und frei

und aus angst und asche
wächst dann ein anderer tag.

der strick

den strick
mir nehmen

war dein wunsch
weil ich „versagte"

und ich nahm
den strick

mich zu erhängen
war mir fremd

so hielt ich fest
im griff

den strick
die angst

die todesangst
und die vergangenheit

umklammert
bis der atem mir

versagte
…

...
heute löst sich der griff
    um kehle, herz, hände

öffnen sich knoten für knoten
    löst sich der strick

behutsam, dass er dem leben diene
    als drachenschwanz

dem neuen drachen, der hinauf
    steigt zu neuem horizont

leicht und frei wege findet
    und als schwanz wie ein lot

im himmel aufrecht hält
    den munter weiter fliegenden

heute
  öffnen sich
    behutsam
      dem neuen drachen
        leicht und frei wege
          im himmel.

als der himmel auf die erde kam

als der himmel auf die erde kam
ging ich durch die hölle

und weil der boden ihr entrissen
weinte die erde aus allen wunden
und erbrach sich in schollen

riss auf bis in die grundtiefen
und ströme ergossen sich
aus glut und kochendem gestein

die kontinente erbebten
die landstriche verbrannten
die meere standen turmhoch wellen

und die geister schrien erbarmen
und niemand erbarmte sich

und die seelenklänge zerbarsten
und niemand heilte

als der himmel auf die erde kam
ging ich durch die hölle

und der feuerschlund fauchte
und ich klammerte in todesangst
an den krusten der vergangenheit.

gegebenheiten

mit dem himmel, dem frieden
kommt das sehen, die wahrheit

scham, schuld, angst wurden
sichtbar als gegebene

prägungen der gesellschaft
die eingraviert, lange bleiben

selbst im himmel überleben
weil das schauen dazu gehört

und im anschauen, schmerzlichen
sinkt der mut hinab in die hölle

und zwischen himmel und hölle
ist alles, was mutig hinausschreit:

die wahrheit

hinaus aus angst, schuld, scham
und alten gegebenheiten.

gezwitscher

vogelgesang
der krähen

ist eine melodie
die von herzen

sich luft macht
dem gezwitscher.

feuerqualen

dem himmel verschrieben
niedergelegt den widerstand

als lebens-ja zu allem, was kommt
auch des egos feuerflammen

die nun ersichtlich
alles verbrennen in der hölle

heißt auch

inmitten des himmels sehen
nicht widerstehen, den schrecken

die durch alle glieder sich zeigen
bleibt doch: in lautem schrei

sich luft zu machen
im ja zu höllenqualen.

gütiger staub

die ohnmacht fließt mich dahin
asche zu jedermanns füßen

fließt mich erkaltete lava
zu fruchtbarem boden

wie mächtig die ohnmächtige erde
die mich zum fluss werden lässt

aus erkaltetem gestein
ein nährendes tal

ohnmächtig zerstaubte
der berg der geborgenheit

ich zittere wie asche in der luft
und die pflanzen wachsen

gütiger im staub.

ächtung und achtung

die ächtung
in achtung
wandeln

inmitten
all der verachtung
wie?

das eingraviert
unter der haut

ächtende
geächtete

wie?
hingeben
hinhalten

dem wind
dem achtsamen
inmitten

all der häutungen
das wandeln
das achtende

überlassen.

die rüstung

diesen einen tag nur
lass mich die rüstung tragen

sie schützt vor dem blick
der nagenden wahrheit

diesen einen tag nur
lass die augen ruhen können

von dem leib, der in fetzen
mir von den knochen hängt

diesen einen tag nur
lass mich nicht noch sehen müssen

die unter der rüstung sich
nährenden maden vom toten fleisch

diesen einen tag nur
bitte ich die rüstung auszuhalten

und: für diesen einen tag nur
einen liebevollen blick

der die rüstung mir wärmt
und darunter das herz.

kälte als gast

wenn die wärme geht
und die kälte kommt

die kälte bitten
als gast zu bleiben

und sie fragen
was sie zu erzählen hat

und auch im nicht-verstehen
sie sein lassen, wie sie ist

auch dann, wenn sie
gleichgültig kalt bleibt

sie lassen, sein zu dürfen
die gleichgültigkeit

dass sie im dasein und dürfen
sich einleben kann

ins gleichmütig werden
und darin bleiben

dann kommt mit dem gleichmut
auch die wärme wieder als gast.

verzeih

verzeih
dass ich das kind
umgebracht habe

verzeih
dass ich den kopf
gegen die wand schlug

verzeih
dass ich das leben
bewusst erstickte

verzeih, verzeih, verzeih

verzeih
dass ich den tod vorzog
dem leben

verzeih
dass ich nicht wusste
um wahrheit und licht

verzeih
dass ich glauben machte
dem kind die liebe

verzeih, verzeih, verzeih

verzeih
dass ich keinen weg
als diesen ausweg sah

verzeih
dass ich zuschlug
bis nichts mehr sich regte

verzeih
diesen tod
dieses tun, diese tat

verzeih, verzeih, verzeih

im totsein kann ich nicht mehr
verzeihen, nur schreien:
verzeih!

wüste

das hiersein ist
dieses land zwischen

leben und tod
und mehr noch

UND

als dieses und
greifbar, begreifbar ist

die stunden sind
fließender sand

im wind
der wandernden dünen

die orientierung
wandert mit

jeder fata morgana
zu neuen illusionen

nur nachts bleiben die sterne
die alten, leuchten

dem weg, dessen licht
schon erloschen

wem glaube ich?

erloschenen sternen
die orientierung geben
mit ihrem noch-immer-licht

oder aber der täglichen
orientierungslosigkeit
die mich verdursten lässt

im zwischenland
ist auch die quelle
illusion

und auch:
illusion
ist

UND.

im schlamm

wenn der schlamm tiefer
als der himmel hoch

ist es angebracht
mitten darin den mund zu halten

das wilde gestikulieren
einzustellen

und das herz darauf
dass nur die weite befreit

wenn der schlamm trocknet
von der wärme der sonne

und sich hineinweitet
in den himmel

bleibt also nur
warten und stillhalten

ungewiss der sonne
und des himmels weiten.

sinnfrage

frage nach dem sinn
und suche das wozu

solange es dir wie feuer
in der seele brennt

und hell hinaufscheint
in den himmel

wenn du die antwort erfasst
erfasst du den wandel

und in den händen bleibt
die veränderung bestehen

die frage allein ist es
die durchs leben führt

den weg weist
zum fragen, suchen

solange es das warum gibt
das wozu und sinn, frage

und höre die antwort
im suchenden himmel.

ostergeheimnis

da liegst du am boden
mit diesem gähnenden
schwarzen loch in der brust

und das herz, das gott
dir herausgerissen hat
halten die freunde verzweifelt

und die ohnmacht irrt
durch die korridore
den schmerz zu suchen

den gott dir verweigerte
als gähnend im loch
er vorzeitig starb

was bleibt sind freunde
das offene herz
in flehenden händen

und freunde und flehen
und herz und hände
und offenheit sind mehr

als gott dir je war.

grundlosigkeit

es gibt keinen gott
an dem ich mich festhalten kann

da ist nur: pure verzweiflung
und nichts und abgründe

so tief und so groß
dass sie alles tragen

alles
jeden, der kommt

angesichts des nichts
und der grundlosigkeit

festzuhalten
an gott

gibt es keinen weiteren
grund als diesen einen:

grundlos zu lieben.

mitten im moor

mitten im moor
treffe ich dich

kein geist, mit haut
und knochen und gewicht

springst du von hügel
zu hügel, lerne ich

dass überleben möglich ist
mitten im moor

mitten im moor
ist lebendig

die modrigkeit
nebel, mücken, irrlicht

alles kennt der sumpf
auch die, lerne ich

die über das wasser gehen
mitten im moor

mitten im moor
überlebe ich

als geist, nebel
wandelndes zwielicht

in jeder gestalt
bin ich ganz ich

lebendiger als je zuvor
bin ich auch moor

mitten im moor
mit humor.

da kein ort

ich gehe
wohin kein ort ist

und knie nieder
da kein boden

ich sehe
woher kein licht scheint

und erkenne
da kein schatten

ich höre
worauf der ton fehlt

und vernehme
da kein laut

ich atme nicht
ich staune nicht

ich weiß nicht:
ich bin.

alpträume

auch die alpträume annehmen
als aspekt der wahrheit

als illusionskörper
die dem lernen dienen

dem entfalten
wachsen

auch annehmen, dass die stirn
in falten liegt am morgen

und der körper
starken kaffee verlangt

annehmen lernen

dass all dies
zum menschsein gehört

die faltungen
entfaltungen

und atmen.

noch immer

es gibt gott
noch immer

noch immer
ist seine gestalt

dieselbe:
du.

vor der tür

ich muss nicht
an den engel glauben

er steht vor der tür
ob ich ihn sehe oder nicht

er steht vor der tür
des grabes, in dem ich liege

ob ich ihn sehe oder nicht
hilft er mir aufzustehen

auch wenn ich nicht weiß
dass er es ist

vor der tür.

in aller frühe

ich stehe vor dem grab
weiß noch nicht wie

da ist kein stein
der schmerz ist dünn

hauchzart
die wunden

ich stehe vor dem grab
weiß noch nicht wann

kein vogel singt
das licht ist fahl

es graut
vielleicht der morgen

ich stehe vor dem grab
weiß noch nicht wer

da kommt im nebel
engel, mensch

rühr mich nicht an
und halt mich nicht fest

ich stehe vor dem grab
weiß nicht einmal

ob die sonne auch
noch nach dem tod aufgeht

und ob das zittern bleibt
und auch die wunden

ich weiß nur
ich bin noch nicht

ich weiß nur
ich stehe vor dem grab.

das und

wenn der himmel
das und ist

existiert der himmel
solange wir es zulassen

das und

und singen
wenn singen hilft

und schweigen
wenn schweigen hilft

und tanzen
wenn tanzen hilft

und losgehen
und bleiben und

leben den lebensfluss
lebendigkeit

lassen ist alles
und.

otter und kind

am tag hatte ich angst um das kind
und angst vor der otter
und angst vor dem himmelreich

mitten in der nacht
war ich otter
und die otter durfte otter sein

mitten in der nacht
war ich kind
und das kind durfte kind sein

und das kind spielte mit der otter
und kind und otter
waren eins im spiel

und am morgen war ich ganz
ganz kind
und ganz otter

und ganz himmelreich.

befreit

in nacht und nässe
und kälte ging ich

barfuß hinaus
aus der befangenen
stadt

dem berg - entgegen
kam er mir

ohne angst
und ihre gefährten
blieben zurück

in nachtblauem
wolkenhimmel

freiheit atmen
über den weinbergen
sind wir still

die stadt - verlassen
in nebeldunst

liegt weitab nun
zu füßen
die gefangene

mit nacht und nässe
kälte und barfüße

lachen
gefreit vom berg
der alle umfängt.

vergangen

das leid der vergangenheit
ist das leid der vergangenheit

das wunder des jetzt
ist jetzt

jetzt:
diese worte lesen
mit diesen augen sehen können

jetzt:
diesen worten lauschen
mit diesen ohren hören können

jetzt:
diese worte erfassen
und das herz öffnen können

für diesen hörenden
augenblick

für diese worte

für die wahrheit
dass jetzt jetzt ist

und vergangenheit
vergangen

und das wunder
sehen, hören, öffnen

zu können
ist ein wunder.

wellen

wellen
schlagen ans ufer

hoch hinauf

fallen
ins weite

ozean bin ich.

kein haus mehr

als ich zurückkehrte
war da kein haus mehr

als ich den garten betrat
wurde der boden zu nebel

als ich den nebel durchschritt
löste sich alles

niemand und nichts
das noch ein haus betritt

kein boden
kein nebel

das vergängliche
ist vergangen

ich war.

nichts und so

da ist nichts
zu wissen

da ist nichts
zu sagen

da ist nichts
zu leben

das sein ist
so oder so.

unwissend

nicht gewusst
dass das nichts
spiegel wirft
regenbogengleich
unser dasein
in den raum

nicht gewusst
dass das sein
nichts braucht
zum regenbogen
als raum
und spiegel

so bin ich nichts
und spiegel
und raum und sein
und regenbogen
unwissend
in allem.

sichtweite

die hoffnung

folgt
dem galopp
der pferde

bis zum zaun.

schmerzensboten

nachsichtig sein mit den schmerzen
sie tun ihren dienst seit alters her

sie weissagen die nacht, weissagen
den tod und auch die heilung

die schmerzen sein lassen
braucht mut zum sterben

und mildes hingeneigtsein
jedem schmerzensboten

seiner weisheit zu lauschen
dem ungelösten, lösenden

und hinnehmen die botschaft
so schmerzlich sie auch ist.

einzustehen

wenn hass ohne widerrede
auf sich genommen wurde

auch wenn es im dienste
der heilung geschah

und das nicht-widersprechen
gewaltlos den freund rettete

wirkt es wie gift
und braucht zeit

bis das gift körper
und geist verlassen hat

wehrlosigkeit braucht
die bereitschaft

sich hinzuhalten
dem frieden

todesmutig
lebensmutig

bis zuletzt
einzustehen.

sich einlassen

zu sehr sich einlassen
auf menschen

bedeutet auch
ans kreuz geschlagen

werden können

zu sehr sich einmischen
ins menschenleben

bedeutet auch
im grab verschlossen

sein können

zu sehr sich hingeben
an menschen

bedeutet auch
wieder und wieder

aufzuerstehen.

entfaltung

wenn die zeit der entfaltung kommt
zeigt sich das gegebene von selbst

die blüte offenbart
was als knospe schon immer da war

ich habe die wahl

vorüberzugehen, vorbeizuschauen
und stehenzubleiben, zu staunen

in allem ist ja und nein möglich
einverständnis und ablehnung

widerstand, nicht-habenwollen
einklang und freude

ich habe die wahl

das blühen und warten zu begrüßen
und es zu missachten

mich ihm entgegen zu stellen
und hinzugeben mit dem herzen

an alles und in liebe
mich tief zu verneigen.

kopfüber

die wurzeln
entrissen

dem boden
dem haltenden
grund

hängen
in der luft
kopfüber

wurzeln
grundlos haltlos
bodenlos frech

in den himmel.

noch mehr geheimnis

das gähnende loch wird bleiben
als offenes grab

in der erinnerung

wohin also mit dem herz
das noch immer schlägt

du wirst aufstehen müssen
und hinhalten, die wahrheit

das herz, das herausgerissene
das loch, das gähnende

jedem, der kommt und fragt
auf dass er sehen kann:

das leben, wie es ist

voll ohnmacht, wunden
narben, heilung

dass jeder sehen kann
die hände, die das herz halten

das leben zu leben.

bleiben

bleiben, warten
auf den, der kommt

in menschlicher gestalt
göttliches leben

und darin himmel sein
und frieden hüten

bleiben, warten
auf den, der kommt

und bittet um einlass
warten und bleiben.

mit den anemonen

der frühling singt wieder
mit den blaumeisen

hin zu diesen füßen
wachsen die anemonen

und der specht klopft
den takt des neuen werdens

die ringeltaube ruft
nach aufmerksamkeit

und der wind weht
ihr gurren zärtlich herüber

buchfinken und rotkehlchen
hummeln und bienen

sind sich mit den lilien einig
dass der winter vorbei ist

die hände hüten die keime
von tomaten und kartoffeln

sie lächeln den sprossenden
rosen neuen mut zu

wie wollte da nicht
die wärme fließen

hin zu diesen füßen
hin zu allen herzen

die dem frühling
noch immer schlagen.

gelassen

ich habe geliebt
und gelebt und gelassen

und das lassen
gelassen

und das lassen
lassend

und das leben
lebend

und das lieben
liebend

lebe ich
gelassener zu lieben

und liebe
gelassener das leben.

ausgang

bin ich frei

bin ich frei in den spiegel zu schauen
bin ich frei diesen augen zu trauen
die manchmal verzweifelt sind

bin ich frei den herzschlag zu hören
bin ich frei die gedanken zu stören
wenn sie voller zweifel sind

bin ich frei in die stille zu lauschen
bin ich frei die rüstung zu tauschen
und die zweifel, die rüstung sind

bin ich frei eigene schritte zu tun
bin ich frei einmal auszuruhen
vom zweifel, was schritte denn sind

bin ich frei einmal nichts zu buchen
bin ich frei mich selbst zu besuchen
wenn in mir verzweiflungen sind

bin ich frei bei mir selber zu bleiben
bin ich frei mich nicht aufzureiben
an zweifeln, die entmutigend sind

bin ich frei nichts und alles zu sein
bin ich frei von „mein" und „dein"
die doch nur ent-zwei-flungen sind

bin ich frei einmal mut zu entfalten
bin ich frei mich selbst zu gestalten
auch wenn ich verzweifelt bin

bin ich frei vertrauen zu wagen
und schlicht und einfach zu sagen:
es reicht, dass ich bin, wie ich bin.